JN141731

忘失について

水下暢也

思潮社

忘失について

水下暢也

第一部

十七

ゆびを屈して
川音の幾つ毀たれたかを
数えては
川面（かわつら）に映じた
赤い実が
冱てるように
色沢を抜かれ

六つにきたところ
川の呼吸が広がり
倒影も
おぼろの形に
融けだして
欄干の間から
南天を放り
十（とお）まで数えきり
さかしまに流れるのを
詩集のはじめとする

あかり

弓張りの霊光は
明かり取りに絡めとられた形で
きざはしにかけた左足と
手摺をたのんだ左手の力を緩めてゆく内に
雲に遮られたのか
かいなをひいてゆき
半ば影絵となった

物腰の硬い立ち姿が
踊り場の手前で往生し
夜陰にうっすらと
影だけが見えると話にきかされた
顔鳥の一頻り啼くのを縁にして
きざはしを上がり
ふたたびの光が肩にかかって
間近の一声のあと
夜暗は翡翠の尾を垂れ
逃げていった

王女の死

一昨日瓶に差した
葛の一片が
焔焔とした葉月の懐で
落ちかけ
　うっとりと廻っている

蜘蛛の仕業かと

顔を近づけ
不意に瞼が下り
真赭の画布に
　麻酔が効きはじめる

一昨日瓶に差した
葛の一片が
焔焔たる葉月の深みで
落ち
　歓呼の声が湧く

かみかくし

古井戸をのぞくと
水の相の上で
腐れた柏が
溺死と合一のはざまで
揺らぎつ
もたつきつ
青々と統覚を促し
面を上げ

皮下を下る血が
御空へ溢れ出て
霞みかける条痕が
宙返りし
泪を溜めて
屋敷へ引き返し
土足のまま式台に上がり
見慣れた唐紙
その青海波を見納めに
片方の靴だけ脱げて
それきりかえらず
雀が鳴き渡る

聖

光輪の暈が
寝際でたたなわる想念（わずらい）と
睡気の最中（もなか）で枯れ
洞（うつお）ができ
知覚を離し
深々と熟寝（うまい）を得て
朝肥（あさひ）に浸かり

荒れた醒め初め
醱酵した夢に
おちた聖性を練り合わせ
果てるだけの空気を吸い
にがく発し
野花の冠が
玄関先で吊るされている

船出迄

払暁の先触れがゆるんで
冷えた窓硝子から
額を剝がし
臥所へ躰を倒して
結露の垂り尾に
脈は感応し
思案に沈みつゝ
転瞬の覚醒に

未だ馴れぬまゝ
昨日焚いた
古い檀香が
受け皿から糸状に燻り
知らぬ間
敷布の継目を
惜しむみたいに
引搔き
悪寒は脹らみ
降り出しの雨音をきゝ
腰を上げて
死出を彷徨ふか

あるいは訪問

番ひの頬白が
俄拵への板縁に伸びた
墨色の翳を啄んでゐる
木目に閉ざゝれた死者らは
をちかたから燻る祭り囃子に乗つて
破顔のけしきをみせる
閉てた障子が少しく鳴つて

もの云はぬ尨犬が顔を出し
重たさうに左眼を眇める
頬白は飛び去り
板縁の美貌も沈んで
鉦の音をさいごに囃子も止む
躰の重心を移し
はた／＼と洗濯物が躍り
日入りの淡色へ歩を浮かせる

その日の女

壹

つきふした筝あり
焼かるゝ朝顔
廢線の上
女が立つ

弐

宙底(ゐど)あり
汝の絲
縊る鬼蜘蛛から
剣(つるぎ)を抜く

参

櫛あり
干支を映す手鏡
紫麝の呪　二条(ふたすぢ)

墓前に劔を立てる

肆

朝寝髪のまゝ
二の后（つぎ）は手筈を反芻し
帖紙（たゝうがみ）で
短銃（でりんじゃあ）を包んだ

詩

河原で　詩神が　石を躙り　手話する

汀線の脈へかゝる
魚腹したをみなの
髪毛に舫ふ
十字座から
がんまの離るゝ南へ

出潮の因みへ帯を渡し
吾子をなくなした悪阻の
なよやかに水切りして
擬声部
白い韻のぬる北から

―南方―
―北星―

第二部

恋人たちの昼

木漏れ日の輻の差さった林の中で
洋装の女がへたりこみ
落花を踏む弱音の間隔が詰まって
山高帽を被った男が細い手をたぐりよせる
互い違いに揺れる女の耳飾りは
睦言の合間に微音をおとし
林の奥で暗翳が拍動する

女はふざけて再開を再現し
耳飾りの乱れを押さえた男の手から
陽におかされたかのように
男女は透かし絵となる
落花を踏む弱音の間隔が詰まり
邸第を抜け出した女給が
拾った胡桃を前掛けにしまって
あたりをうかがう
林から陽の気が引いてゆく
会話と跫音が暗がりへ向かって
憩いは終わった

ところによって雨

右折の合図と
脇道へ消える車を
寸刻のあいだ横目で追って
中山道に向き直り
車道の流れが少し滞って
洩らした溜め息を
この間鑑賞して憶えた

とはいえ大分いい加減だが
一人芝居の独白に変え
対向車線を窺い
分刻みで時間を確認し
だしぬけに陽性の気へ転じ
雨傘で一杯になった街上の
白黒の異国人達が
無口で行き交う交差点で
早歩きの恋人をみつけたりもする

窓辺から合図を送る女

窓から落ちたのは
柿の病葉だった
廃家の二階に上がると
床に薄い日脚がささっていた
冷めた黴を嗅ぎ
襟首を引っ張り上げて
咳を抑えた

綿屑が口に入った

日差しは
埃をからませながら
部屋の隅にある
簀の子で造られた籠に
結わえられた
咳が立て続いた
組みの緩くなった籠の横木に
上着が懇ろにかけられた

もうあきらめて

をりました
おとした
まどから

やや突き上げの目立つ
板の間が軋み
拾った病葉は抓まれ
水平に運ばれてゆき
見えたのは
痩せた頬の片方ずつに
病葉を添え当て
窓を開けようとする静けさだった

石蕗（つわぶき）と懸巣（かけす）

此処へ御入り下さい
懸巣は石蕗の手をとり
寺の縁の下へ通した
星屑が一つ流れて行き
　雨でせうか
石蕗は訊ねた
星影が泥土の面で跳ね

縁束の傍で番をする懸巣は頷いた
石蕗は折れた格子の翳に目を落とし
ゆらりと睡魔に凭れかかり
霜柱が苔を押し上げてゆく音を近くに聞きながら
眠りに落ちて行った
夢の中で石蕗は
這い寄る蛇に気付いた
そこで
　扼してみよ
　一呑みにするか
　好きにするがいゝ
ただ

分袂を交はすまで
せめて
香ばしい朝の湿り気に
微動もしない落葉の一途さに擽られて
石蕗と懸巣は双眸を緩めた

俤

疎水の水面に
孤蝶が口付けして
その横を
くたびれた灯籠が辷っていった

久しぶりにはめた腕時計の竜頭を
信号待ちの度に回し

振動する秒針の一周しない内
日照り雨に急かされ
雨宿りにしては心許ない
煙草屋の軒から
見覚えのある顔を
乱反射でぼやける辻の中で認め
向こうも一旦足を揃えた

面痩せの殆どない
生花に囲われたかんばせに
蝶が二頭とまって
ゆっくり蓋をした

秒針が追えなくなり
腕時計に耳をあてると
軒端を打つ雨がやわらぎ
小さな針音を聞いて
さっきの姿は
光輝の息継ぎで生じる白い襞に
絡め取られて
飛行機雲か
今降り頻る囀りに変わったか

八月の啓示

砂の中から
陶製の手榴弾を拾いあげ
摩擦板の外れた穴に唾を吐き
水平線上の
しなびた蜃気楼をめがけて
投擲した
海上に紫紺の痣が滲み

波打ちは
脛を弄る手前で
返っていった

弟は砂州の長路を行く間
暇潰しの花占いで
嘗ての家路をおもい
姉は落ちた小片を口の辺に差し
駆け足になって
片腕を捥いだ
古怪な潮騒を挟んで
姉弟はすりぬけ

海鳥の滑空が終わり
かたばみは散らばる

旧十月街

堪らず漕ぐのをやめにして
自転車を転がした
強風に脚を払われそうになりながら
顎をうずめ
目に入った路地に逃げこみ
旧商店街へ入った
風音にとってかわって

しきりな家鳴りが空騒ぎし
煽ち風は減じた
耳が仄かに温まり
洟水もたれ
五本の飲料水から選ぶ自販機
襤褸の幟
ひらがなだらけの看板を過ぎ
また助走をつけた
薄あかりの滲む家屋の前で
跨ぎかけた足をもどし
灯の方へ近づいていった
磨られた窓がすっきりと透けて

作業台の上にある地球儀を
つい手に取ろうと窓を叩き
影が過った
寸分たがわぬ三毛たちがなだらかな跳躍で
卓上の球体をからかった
耳の後ろで擦過音がたち
濁る眼の前
艶を消された窓越しの
少しくずれのある
重なった鳴き声をきいた

狙撃者の灰色

空腹が痛みだした
はじめて空き巣に入った
数分の内は何を盗るわけでもなく
間取りを確かめるみたいに歩き廻った
唾液をためて吐き気をやり過ごした
寝台の傍らに立てかけてあった
古い猟銃を頂戴することにした

扱いが分からず装弾の有無は確かめなかった
上がり框に来て襟足をさすった

　雨まじりの風が強くなってきた
胸の前で抱きしめていた
猟銃を外套の下にたくし込み
古工場の庇で風雨を凌ごうとした
空模様を確かめようと目を上げ
煙突を見つけた
命綱と思しいものの端に
五体を弛緩させた人間が垂れ下がっていた
試しに猟銃を構えてみた

どれくらい前のものか
落としてから誰にも見つけられず
何度も踏まれた様子の小さな手袋を
脇を掠めていった子どもが拾いあげた
こちらを向いたまま目を逸らさず
半歩ずつ退ってゆくその子は
おびえを打ち消し
手袋を握っていない方で
威嚇の構えをとった

阿呆

また絵師の庵の辺りで
人声じみた破裂音が立った
嫂のしゃっくりが止まらなくなり
他人事ながら可笑しかったが
無言で外へ出た
小雨に霙が混ざっていた
物見は一人いた

破屋のやれめを縫う氷片が
剝き出しの畳に当たって解けた
煤煙はのぼっていたが
鎮火のあとには見えなかった
横に並んだ物見が当の絵師だった
　一旦投げられた眠気眼が逸れて
もとへ戻された
襖に浮かんだ半獣が
集(たか)った青火を喰らい
尺蛾が横切って
小暗い降りはさらに弱まった
　絵師は不覚だったと詫び

襖の前まで跛行し
諸膝をついて灰掻きについた
半獣が染みに変じ
細声を振り返ると
しゃっくりに小突かれた番傘が躍る

とくにない

霧がたちこめていた
祠の前にきた
右手の窪地は溜池になっていて
傍らには山桃の樹が生えていた
話し声がした
山桃の葉先から落ち始めた
昨夜の雨の残りが水鏡の縁を割った

霧は横滑りし祠の屋根に切られた
そこに祠はなかった

霧がたちこめていた
祠の前にきた
右手の窪地は溜池になっていて
傍らには山桃の樹が生えていた
話し声がした
祠の格子戸から一筋
刷いたような霞が逃げて
水音の方へ駆けていった
そこに祠はなかった

霧がたちこめていた
祠の前にきた
右手の窪地は溜池になっていて
傍らには山桃の樹が生えていた
山桃の葉先から零れた
昨夜の雨の残りが水面の端に波紋をつくった
か細い無駄口は止んで
甍造りの祠と丸い敷石が見えた
だまになった霧は胸元ではだけた

第三部

柔らかな人生

爪立って菱にさげた
折り鶴のこうべが
餌を乞うように皺んで
あまい折り目から
衰えが差したか
裏白が軽くのぞき
玉留めも抜け

手弱くはだけてゆき
不具のなりで
小さい沓先へ着いた
風に攫われそうになるのを
屈んで押さえつけた手に
息の音をしずめるような
温とい慳がこもり
怯んだ手元から
色紙は退って
枝先からさがった縫糸に
葉風が涓滴の私語を溜め
根方の叉に移しておいた

雛鳥の骸へたれていった
譫言がつづいた一夜の
小休みのように
痛みに晦んだ果てで
瞼が穏やかに開き
笑みをこぼすも
再び呻きに従き
掬われた感触につられて
死児の型に安らぎつつ
あえかな羽を搏って
才槌を畳んだ
琵琶と扇ぐ下風が

朽葉を連れて戯るのを
一葉踏んで
誰か牙を剝かれたか
吠え声の方角を
幌の付いた貨物車が断ち
風の割れた一寸
木立の奥
荒壁の物置小屋から
火が上がった

寒の宴

和毛が窓木を潜つて
雪が降り始めた
やまびこの残り滓と
呼笛の尻尾が重なり
一旦消えて　また
ほの〴〵と遠来し
山を去り倦ねた野兎は

咲き残りの一朶を食み
安らふやうな鼻息で
寒気の芯を太くし
やまびこと呼笛の揺蕩ひを
ひきつる耳でとり
山裾からの叱声が
鈍色の天に向かひ
甲高い嬌声と
座敷唄の一節を繰り返す胴間声が
一絡げに狂れていつた
鶫のとまつた窓木から
山肌を覗き

帷子くらゐの粧ひは
さわぎには取り合はないふうで
酣を忘れた宴は
かろ〴〵と盲ひて
脱兎のごとく
冬の気色が無地へかへつた

やさしい眼の女

森を抜けて潮風にぶつかり
それまでの草と土を踏み拉く
ちぐはぐな騒がしさが
浜辺の白砂に削られ
走りを止めぬ
彼女の息遣ひと
淡紫の衣擦れを仄聞いて

蹌踉と膝の一段下がつたところ
砂の舌打ちが加はり
目を遣る久方で
兵児帯が空ろに泳ぎ
正午の曇日に向かつて
散光のあはひへ
愛ほし気に呑まれて
沖で龍が跳ねた

水際で足を取られた彼女の
蓬髪のしだれが
横面の紗幕となり

手型と掌に眼を落として
ぞゞ髪立つたやうに
唇を噛む端へ
人差しの甲を運び
細く血が流れるのを
とゞめようと
いや
歯を隠す為だつたか
潮のあたるたび
白々と満ちて行くたび
楚々たる熟しで
鬼にもどつて行つた

もうむかし

青空がのぞいたので
このまま降らずに堪えるか　と
特別気にかけていたわけではなかったが
雲の流れの速さや
風の一息が長くなるのを
唄を口遊みながら仰いで
弱い鼻声に変わっても

だらだらと続け
夕刻　予報通りになり
麦茶を注いだ

合羽姿で外へ出る夢に落ち
濃霧の奥から車の灯が二つ
迫る気配もないまま揺れて
とりあえず待ち受けたが
ただ霧が烟るだけ
霊気も帯びず
さすがにつまらなくなって
眼を覚まし

飲み残しを透かして
昔日のつかえを見た

解きかけた荷を背負いなおし
手をとられて階下へ降り
暇乞いの前にわざわざ勝手口へ移り
気のない礼を置土産にして
黄昏(こうこん)に濡れた県道沿いを大股に行き
しなやかな怒りが
手の冷たさに出たのかもしれず
車が通るたび
喉が乾いたと呟いて

晴れがましい翳は独り歩きする

七郎の住処で

水の引かれなかった田に
雑草が萌え出て
田の一隅で老婆は
土塊をいじり
残照に染まった久留米絣の
文様のひとつが浮かされる
夫を亡くしたらしい

去年の暮
夕餉を片付けた夫が
炬燵に入ってから暫くして
寝言めいた片言を繰り出し
訊き返すついでに差し向かいになろうと
膝を気遣いながら布団を捲って
電源が入っていないのを知った
彼女は別離の抒情を
柴山伏越を過ぎた元荒川沿いにある
田畑の一枚を指しながら
まるで今生の別れになるまえの
演習のような手真似で訴えた

夕映えを知らぬ東の方でうっすらと
稲光が毛先を広げる

住まい

郵便受けに絵葉書が入っていた
十余年も前のことが
絵葉書をかえして
宛名に触れると
ぼうっと迫りあがってきた

半紙をばらばらにして

仮寓の庭先へ飛び出したはいいが
意気地は失せるし
勢いも空転して
縦に入った花梨の罅から
大粒の雫が頤へ向かうのを
大人びた格好で
ぼんやり眺めるしかなく

それから

仮が取れた　というのも妙だが
安住　というのも大袈裟に響くし

気兼ねしないで　としようか
その段になって
感冒を繰り返すようになり
蜂蜜漬けの花梨を知って　しばらくは
薄手の寝衣に着替えると
花梨の太い香にあたった

細い筆の跡に
けしごむの滓がささくれて
受け止めた白光を加減しながら
下書きを浮かせ
帰省の日延べを思い直した

はるさきで

このふじははずれだった
独りで納得するような
ちからのこもらない声がして
確かに毎年のように貰っていた疵物のふじは
蜜をたっぷり含んで透き通り
罨った直ぐあとに果汁が溢れたなと
ふじの仄かな淡黄色を

爪楊枝でからかいながら思い出した
　かおりはいいけれど
口へ運ぼうとしたのを半ばでやめ
静かにわらった
青果のかおりにつられて
王林をとったものの
色味に気分がのらず
ふじに目移りしたらしい
命日が近づけば
ふたりで流しに立って
とりとめのない小言を交わすようになる
床を延べて居間へゆき

片すことも出来ず
不自然に伏せたままの写真立てを起こし
朝を迎える目付きで
灯りを落とした

怪の鳴る

晩夏の中空に蟠っていた叢雲は
呼び鈴とその下で立った戸を繰る音とに
紛れようとするのか
形も怪しくなり
そのまま薄れて行くようだったが
案に相違して僅かずつ朱を帯びて盛り返し
目覚めたあとも
姪の体当たりを受ける姿勢になってからも

開け放たれた戸の先で
夕映えに染まった浮き雲と
正午を迎える青空とを
半々に見ている
どちらかは幻夢の続きの筈だが
ひょいと穿たれた戸の内から
うつつが逃げると思えば
蚊が入るから　と戸がしめられて
蚊取り線香の白糸が乱れる
蜩がゆらゆらとうたいだし
砂紙に磨られたような呼び鈴が木霊して
寝返った片耳に蟬時雨がつたう

五月の習作

りらの重い香りの傍で
画架を組み
熊蜂の低い羽音を聞きながら
水彩の続きにとりかかり
酒瓶に筆をあずけ
瑠璃色の唾(つばき)がけむり
広い口径に一匹とまった

熊蜂は半周してから
画架の上部に移り
ついと向きをかえ
語り合うかのような
親しい距離で見合い
毒は足りるかを訊いて
羽音が高まった
まくった二の腕に
鋭い痛みが走ったものの
思いのほか早くひき
わずかな炎症の痕をつねって
椅子から滑り落ち

羽音が窄まって
りらが一心に募ってゆく

姉妹

浅く見た他日のせいだろうか
うつけた晩春にたずねてもわからず
土塁に群生する菜の花の下まで
くつも履かずに歩いていた

畳の上に下拵えの済んだ青梅をばらまいたのは
ませた立ち居の妹のほうで

その青梅を水でも掬うようにして拾ってゆくのが
幾らか知恵の遅れた姉だった
氷砂糖を持ってきた母が袋を裂き
二人の口に三つ放りこんだ
姉は笑い
妹は嚙み砕いた
布巾で拭いた青梅を瓶の中に落としてゆく
しだいに妹が姉の手を引くようになり
またしだいにそうした介添えの必要もなくなった
その間に父が居なくなった

照葉が揺すられ

振り返った妹の踵があがり
姉は口角をしばるようにして微笑した
揃いの袷を着ていた

第一部

第二部

第三部

カバー写真＝著者

忘失（ぼうしつ）について

著者
水下暢也（みずしたのぶなり）

発行者
小田久郎

発行所
株式会社 思潮社
〒一六二―〇八四二 東京都新宿区市谷砂土原町三―十五
電話〇三（三二六七）八一五三（営業）・八一四一（編集）
FAX〇三（三二六七）八一四二

印刷所
創栄図書印刷株式会社

発行日
二〇一八年十月二十日 初版第一刷
二〇一九年四月二十日 第二刷